AF246150

QUELQUES

PENSÉES APOLOGÉTIQUES

SUR

BONAPARTE.

PAR LAZARE A. (Augé).

Concours bizarre qui fait regretter à ce père l'auteur de sa douleur, par celui qui en est l'objet ! Concours non moins bizarre qui nous fait retrouver dans notre propre peine une sorte de consolation par l'entière liberté de la communiquer !

(*Extrait de l'ouvrage*)

PARIS,

Chez RAVELLE, libraire, Palais royal, galeries de bois, n. 205, et chez les Marchands de nouveautés.

Août, 1821.

Ces lignes sont l'essai d'un jeune homme ; c'est une réclamation à l'indulgence. Il a pensé qu'on ne devait point écrire sans tâcher d'être utile le plus particulièrement que possible. C'est pourquoi il a présenté ces pensées sous cet aspect, qui lui a semblé le plus favorable.

DE L'IMPRIMERIE DE BRASSEUR AÎNÉ,
rue Dauphine, n. 36.

QUELQUES
PENSÉES APOLOGÉTIQUES

SUR

BONAPARTE.

ON se fait auteur pour écrire de BONAPARTE. Tel qui n'avait jamais pensé à tenir la plume la prend comme d'instinct et compose comme d'inspiration. Des fourmilières d'écrits se répandent. On chante ses louanges; mais quelles louanges sont dignes de lui. L'auteur médiocre s'en console, c'est moins son talent qu'il a consulté que son cœur et la plupart leur reconnaissance. Nous portons sur la tombe du grand homme une feuille de laurier. Semblable à celui qui croît sur la tombe de la Grotte pausylippe (1), il croîtra malgré l'envie et les dépréciations. La feuille enlevée par l'admirateur est la feuille superflue qui gênait l'accroissement d'un plus grand nombre ; mais les envieux et les dépréciateurs viendront mourir au pied de leurs vains efforts à détruire ce qui fait leur supplice.

Il faudrait l'imagination de Diderot pour composer l'hymne à NAPOLÉON. Celui qui, pendant vingt ans s'est attiré les regards, les vœux et les acclamations de son peuple et même de ses ennemis, méritait de plus dignes que nous de la postérité. Nous le croyons, et cette idée nous console, le talent qui l'a loué jadis n'est point éteint ; mais le talent n'est point empressé de produire ; il aspire

____

(1) Où est le tombeau de Virgile.

à parler dignement de l'homme qu'il veut faire connaître; il travaille dans le silence à l'ouvrage qui réveillera les souvenirs lorsqu'ils paraîtront assoupis , et qui fera oublier nos misérables écrits plus propres à satisfaire notre goût et notre cœur qu'à la louange du grand homme. Il faut la plume d'un Diderot pour le chanter et celle de l'historien de Charles XII pour écrire ses travaux extraordinaires. Cette idée révoltera les uns , sera blamée des autres; à coup sûr elle plaîra à ses admirateurs. Ceux-là sont en grand nombre, et à eux je m'adresse.

C'est aujourd'hui qu'on peut s'avouer hautement l'apologiste de NAPOLÉON. Que celui qui s'en trouve le courage écrive donc ! quelle ample et belle matière ! que n'en ai-je les talens, les scrupules ne m'arrêteraient pas. On n'imprime point un joug à la pensée comme on l'oppose aux bras. La pensée est libre comme l'ame qui la produit et qu'on ne peut asservir. Heureux celui qui l'a assez élevée pour en suivre toutes les impulsions ! celui-là est digne des grandes choses.

C'est à lui qu'il est destiné de braver la puisssance injuste pour s'opposer aux exactions, pour mettre un frein à des ministres qui méprisent l'intérêt général et qui ne pensent qu'au leur propre, pour montrer les abus du pouvoir arbitraire, pour arrêter les mesures exceptionnelles.

C'est à lui d'encourager la puissance faible, de la porter à faire d'elle-même, selon la raison, la sagesse et pour le bonheur du peuple. Quel heureux présage lorsque le souverain écoute la voix de l'honnête homme, de l'ame grande et du citoyen !

Il faut sasser et ressasser les mêmes vérités aux hommes. C'est encore à lui qu'il appartient d'en montrer la voie aux puissans ; c'est à ces derniers qu'il est permis de les faire adopter avec plus de succès.

Ah ! s'il est au monde une ame semblable, s'il est une ame que la haine de l'injustice soulève et révolte, qui soit serrée à l'idée des dépréciations du vrai mérite et aux poursuites de ses ennemis, c'est à elle qu'il est réservé de relever la gloire de Napoléon. On a voulu la détruire pendant sa vie, après sa mort on prétend la ternir. Que n'est-il possible de la nier ? Que n'est-il possible d'en abattre les fondemens, et d'en effacer les traits du burin, comme la censure enlève du manuscrit la ligne indiscrète ?

L'envie avec son venin, les particularités humaines avec leur petitesse, l'intérêt des grands devenu une haine personnelle, le poursuivent au-delà de la vie. Ils ont ravalé le grand homme au niveau d'un nain ; C'est un géant qui les écrasait, et à qui, en voulant l'abaisser, ils ont prêté une main officieuse qui l'a aidé à s'élever : telle la tige abattue par l'orage se relève d'elle-même au premier rayon du soleil.

La tâche de l'apologiste de Napoléon est belle et facile.

Son élévation aux honneurs militaires, au consulat et au trône, a été successivement le remède appliqué aux maux des dissensions et des discordes affreuses de la révolution, le retour aux lois, aux mœurs et aux pratiques religieuses. Ses détracteurs ne sauraient le contester.

Ses victoires, selon eux, ont été le fruit de la fortune et de la bravoure française... La fortune..., mot trop métaphysique pour ma conception; je la définis une déesse complaisante, à qui on impute tout ce qui entrave... Ils n'ont point songé que sans le génie militaire de Bonaparte, cette bravoure eût été une collection de forces privées du moteur qui donne l'impulsion avantageuse.

On n'ose trop révoquer son talent militaire, la pénétration de son esprit, la hardiesse de ses projets sages et irréfléchis à la fois, la prestesse de ses mouvemens, son sang-froid dans l'occasion difficile.

On lui reproche fort injustement son incapacité dans les retraites, comme si elle ne tenait pas plus aux troupes qui exécutent, qu'au chef qui ordonne; aux officiers chargés du soin des détails, qu'au chef qui dit : cela sera ainsi. Et d'ailleurs consultons le caractère français, et le doute sera levé : l'espérance trompée, dans les grandes comme les petites choses, n'est-elle pas pour le Français une véritable déroute ?

Ne parlons point de ce qu'on nomme ses crimes. A d'autres qu'à nous !... A l'histoire sévère et impartiale !... Ne levons point le voile politique et impénétrable des gouvernemens, si nous ne voulons voir un tissu de cruautés, inexplicables quand l'humanité les envisage, mais qui s'expliquent d'elles-mêmes, quand on les considère sous le rapport intéressé des gouvernemens. Ce que l'un a fait, tous l'ont fait, le feront, ou le peuvent faire.

Il existe une vieille maxime aussi atroce qu'absurde; c'est qu'il est de petits maux nécessaires au bien général. On ne peut l'adopter sous un gouvernement juste, encore moins pour justifier des inhumanités qui outragent le droit des nations, la sensibilité, les passions douces, et altèrent profondément les fondemens du pacte social.

Le grand talent de Bonaparte était de vouloir et de savoir pouvoir. Ses volontés étaient des ordres absolus, parce qu'il avait le discernement de la possibilité morale et des moyens de l'exécution.

On l'a taxé de despote. A cet égard, il nous faut distinguer deux genres de despotismes : l'un qui est la volonté jointe à l'exécution d'un mal plutôt que d'un bien, et dont la fin penche au renversement de l'État; l'autre qui est

la volonté jointe à l'exécution de choses, plus selon la raison, l'utilité publique et le bien commun, dont le but est
plus d'inspirer la crainte que d'attenter aux libertés parti_
culières. Cette dernière sorte mériterait une autre déno-
mination. En effet, Bonaparte était le bras de fer qui vou-
lait et pouvait; mais il avait garde de détruire les sentimens
patriotiques qui s'alliaient parfaitement avec son esprit de
conquête. Par son système de gouvernement, il savait entre-
tenir dans tous les cœurs une agitation qui leur donnait du
ressort, agitation peut-être plus favorable au peuple, par
l'espèce de liberté qu'elle lui procurait, qu'au souverain
dans les vues qu'il s'en proposait.

L'ambition n'était pour lui que l'amour de la gloire. Ce
qui l'atteste, c'est que, de toutes ses conquêtes, il a peu
gardé pour lui. Il se réservait quelque chose de plus élevé,
la grandeur d'Alexandre.

Humilier ses ennemis qui l'avaient dédaigné, montrer
ce que pouvait un usurpateur (vieille rédite rabachée
tant de fois et usée à son égard), voilà le noble amour propre qui l'animait.

Qu'on ne vienne pas répéter ce qu'on a bêtement dit un
million de fois de trop : qu'il était le bourreau des Français, *chair à canon* qu'il sacrifiait à sa prodigalité ambi-
tieuse, *comme un abominable tyran, un Corse, un
étranger, qui n'est si prodigue du sang français que
parce qu'il n'a pas une goutte de ce sang français* (1).
Eh ! M. de la Providence, ignoriez-vous donc que ce sang
français était répandu pour lui comme pour un père,
l'objet des sollicitudes ? Ignoriez-vous donc que ces enfans de
France, ces fils des villes et des campagnes quittaient

---

(1) Lignes tirées de l'ouvrage de M. de Chateaubriand, inti-
tulé : de Bonaparte et des Bourbons.

leurs études et leur labeur avec un cœur tout dévoué au *tyran* qu'ils adoraient ? Ignoriez-vous donc que pour la jeunesse française c'est de la gloire qu'il faut ; et où pouvait-elle en recueillir, sinon dans les rangs d'une armée redoutable et sous les ordres d'un héros. Mais le philosophe chrétien, retiré dans sa cellule, fait passer le monde sous les vers de sa lunette, et le juge d'après les vues géométriquement intéressés de son système de providence.

Au reste, pour répondre aux objections, il me vient une réflexion particulière aux nations dont les chefs n'ont point pour objet le bien général ; c'est que quand la nation souffre, il faut qu'elle secoue le joug, et montre ce qu'elle peut dans l'occasion : maxime qui était bien connue des Romains, qu'on n'entend plus de notre temps, bien opposée à cette indifférence qui prouve la dépravation patriotique. Vous qui ne l'avez pas suivie, vous qui ne la suivez pas, ne murmurez donc pas du malheur qui vous opprime, il est votre propre ouvrage !

Je ne pense pas à l'élévation primitive de BONAPARTE, sans rendre, comme on l'a fait alors, justice à ses talens ;

Je ne pense pas à sa procréation au consulat et au trône, sans voir les Français se justifier à eux-mêmes un choix, dont plus tard ils se sont enorgueillis et s'enorgueilliront toujours ;

Je ne pense à son gouvernement aussi ferme, aussi florissant, aussi plein de prospérités pendant ses guerres que pendant la paix la plus heureuse ; à ses conquêtes, à l'immensité de ses moyens, sans être saisi pour lui de la plus profonde admiration.

Mais je ne pense pas, sans sourire, à BONAPARTE, donnant des lois aux souverains qui l'ont dédaigné comme un être abject, et faisant des actes de générosité envers des hommes puissans qui naguères se fussent crus deshonorés de les recevoir; à BONAPARTE, sur le trône de France , mandant aux princes ses prédécesseurs de se désister de leurs prétentions à la couronne , alors sienne ; à BONAPARTE , au milieu de son conseil et du corps législatif.

Cet homme de peu et de petite famille(1)était un grand prince , il en fut devenu un bon. Il ne faut pour cela que de la clémence, de la justice , et l'inviolabilité des lois et des droits du peuple; en un mot, il ne faut que vouloir. Quand un peuple est malheureux sous un monarque , sans nulle crainte et sans nul doute, attribuez-lui en la cause. Oui , BONAPARTE fut devenu grand prince. Héros de l'expérience , il l'eût consacrée au bonheur de ses sujets. Usurpateur du trône de France , il en eût fait oublier à sa génération les princes légitimes, ou plutôt nous aurions eu constamment cette pensée: *Ils ne nous rendraient pas plus heureux que* NAPOLÉON (2).

Mais... NAPOLÉON !.. nom célèbre , qui ne rappelle plus que des souvenirs aussi célèbres; mot qui ne rend plus au cœur que la dissonance que rend la corde du luth lorsqu'elle se rompt !... Ah! pleurons... versons d'abondantes

---

(1) Du même ouvrage de M. de Châteaubriand.

(2) La légitimité ou la souveraineté héréditaire est respectable, mais est-elle salutaire aux nations ? Sans avoir égard à l'ordre chronologique, faisons un court parallèle. Henri IV projetait la paix perpétuelle , et l'eût exécutée sans une mort prématurée : Charles IX fut l'auteur de la fatale journée de la Saint-Barthólemy; François Ier fut le père des lettres : Louis XI, prince défiant , dissimulé, superstitieux, qui disait que tout *son conseil était dans sa tête*, s'il n'en fut le persécuteur, fut loin d'en être l'ami, puisqu'il les craignait dans les autres. On a donné à Louis XII le surnom de *Père du peuple*, à Louis XIII, celui de *Juste*, à Louis XV, celui de *Bien-Aimé*; mais l'histoire se fait presque sur ceux qui

larmes.... Ne les retenons plus dans notre sein, comme nous avons caché nos vœux aujourd'hui inutiles !... Mes frères, mes compagnons... sortons l'image du coffre qui la dérobait aux regards inquiets.... Épanchons notre douleur... Ah! pleurons... faisons retentir nos regrets... Bonaparte est mort!

Il est mort! et j'entends des cris d'allégresse! Ah! détournons-nous de ces barbares, dont la joie décèle l'inquiétude bannie, et montre la puissance qu'ils redoutaient encore du Héros, objet de leur crainte et de notre vénération! Opposons à ce petit nombre de joyeux l'innombrable multitude des hommes que cette mort a consternés : hommes qui l'ont servi; hommes qui, à la fois, se sont attirés de la gloire sous ses armes, et ont contribué à la sienne; hommes qui lui doivent leur fortune; hommes admirateurs de son génie, dans la guerre comme dans la

ont eu les qualités opposées à ces titres glorieux : qualités dont le résultat est essentiellement plus pernicieux dans un seul mauvais prince, que le bien que peuvent faire dix bons n'est favorable. Au surplus, tout souverain qui ne fait rien pour mériter ces titres qui donnent l'immortalité, n'est-il point, par cela seul, un objet nul pour son peuple, ne lui offre t-il pas, par cela seul, une source de réflexions en sa défaveur? et lorsqu'il abuse du sacré dépôt de pouvoir, n'encourt-t-il pas tous les motifs d'une juste réprobation ; ne donne-t-il pas au peuple les regrets les plus fondés de n'en pouvoir élire un autre ; et ce peuple ne tremble-t-il pas d'avance de voir dans son successeur un prince qui ne vaille pas mieux ?.... Bonaparte ne gouverna pas justement, et il fut détrôné, non par son peuple, mais d'après ses vœux ; moins parce qu'il privait des princes légitimes de leur possession, que parce qu'on en était mécontent. La légitimité injuste, le peuple l'oubliera toujours pour un gouvernement juste fut-il d'usurpation.

Est-il au monde un homme raisonnable qui n'ait fait ces réflexions.

paix; hommes qui espéraient une carrière dans l'art militaire; hommes que la nature y destinait; hommes que
les grandes choses frappent; hommes que les grands mal-
heurs touchent!

Que de femmes, ces amies du merveilleux, et ces êtres
sans cesse portées à l'attendrissement, sont allé chanter au
temple des hymnes à la mémoire, à l'admiration de
l'homme qui leur semblait un de ces héros des poètes
de l'antiquité!

Dans les villes, dans les campagnes, dans le fond des
forêts, le cri de mort a retenti; tous y ont répondu
par des pleurs et des regrets. Le père, en pleurant la mort
de son fils que cette mort rappelle, confond dans ses larmes
celui qu'il accusait jadis d'en être l'auteur : concours bizarre qui fait regretter à ce père l'auteur de sa douleur
par celui qui en est l'objet! concours non moins bizarre
qui nous fait retrouver dans notre propre peine une sorte
de consolation par l'entière liberté de la communiquer!

On célèbre tous les ans une triste cérémonie, qui accuse
les Français d'un forfait épouvantable; ils sembleraient
craindre aujourd'hui de rendre des hommages funèbres à
celui qui leur rappelle un règne éclatant : on n'a pas dit
seulement une messe à la mémoire de Bonaparte. Cette
mesure d'exception n'est pas la honte de notre gouvernement, parce que depuis long-temps notre gouvernement
fait bien tout ce qu'il fait; mais elle en accuse, ainsi que
de faiblesse, la nation entière (1). Napoléon n'en sera pas
moins grand !

---

(1) Nous sommes persuadés que la famille royale, par respect
pour elle-même et pour une tête qui a porté sa couronne, a fait
prier et a prié elle-même pour le repos de son âme.

Il nous reste à former un souhait, c'est que les Français qui l'ont suivi à l'île ne le quittent point même après sa mort. Comme cette femme grecque qui rassembla les cendres éparses de son mari que l'on taxait injustement d'avoir démérité de la patrie, ne puissent-ils revoir leur patrie que possesseurs de celles de notre Empereur. Nous ne craindrons plus alors qu'elles soient jetées au vent ; et rassemblées au pied d'un monument de sa gloire, nous pourrons du moins répandre une larme sur la tombe d'un Brave.

FIN.

9 782014 052404